INSTITUT DE FRANCE

CENTENAIRE
DE
L'ACADÉMIE DE METZ

DISCOURS

PRONONCÉ PAR

M. BRIEUX

DE L'ACADÉMIE FRANÇAISE

AU NOM DE L'ACADÉMIE FRANÇAISE

Le jeudi 12 juin 1919.

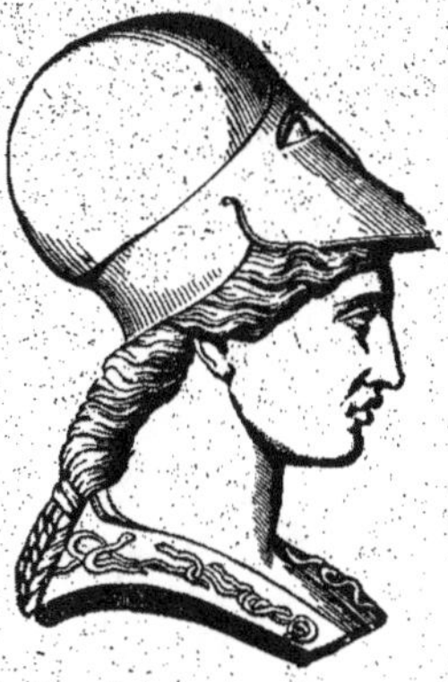

PARIS

TYPOGRAPHIE DE FIRMIN-DIDOT ET Cie

IMPRIMEURS DE L'INSTITUT DE FRANCE, RUE JACOB, 56

M DCCCC XIX

INSTITUT.
1919. — 15

INSTITUT DE FRANCE

CENTENAIRE

DE

L'ACADÉMIE DE METZ

DISCOURS

PRONONCÉ PAR

M. BRIEUX

DE L'ACADÉMIE FRANÇAISE

AU NOM DE L'ACADÉMIE FRANÇAISE

Le jeudi 12 juin 1919.

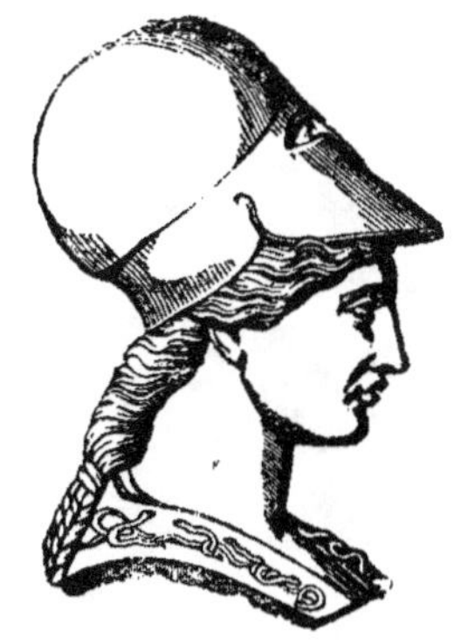

PARIS

TYPOGRAPHIE DE FIRMIN-DIDOT ET Cⁱᵉ

IMPRIMEURS DE L'INSTITUT DE FRANCE, RUE JACOB, 56

M D CCCC XIX

INSTITUT.
1919.— 15

CENTENAIRE

DE

L'ACADÉMIE DE METZ

DISCOURS

PRONONCÉ PAR

M. BRIEUX

DE L'ACADÉMIE FRANÇAISE

AU NOM DE L'ACADÉMIE FRANÇAISE

Le jeudi 12 juin 1919

Messieurs,

Ma situation de directeur de l'Académie française, pour le trimestre en cours, me vaut l'inestimable honneur d'accompagner ici son doyen M. le comte d'Haussonville dont le nom est depuis si longtemps et si hautement estimé parmi vous, et d'apporter avec lui à l'Académie des lettres, sciences, arts et agriculture de Metz, le salut solennel de l'Académie française.

*
* *

La première parole que je veux prononcer est c
de M. le Président de la République, notre confr
commun, Raymond Poincaré.

« Le plébiscite est fait, a-t-il dit, l'Alsace-Lorrai
éperdue d'amour, s'est jetée en larmes au cou de sa m
retrouvée. »

Après les premiers pleurs de joie, après les premiè
étreintes, la mère et la fille se contemplent, chacune cl
chant l'âme de l'autre dans la profondeur des yeux. E
ont encore le souvenir cuisant des douleurs de la sé
ration, de ces longues années pendant lesquelles tout a
tenté par l'ennemi pour séparer leurs âmes. Mais il a
tracer sur la carte une ligne frontière, il n'a pu r
supprimer des liens historiques du passé lointain, r
séparer dans le domaine des sentiments ; et, en vous retr
vant, les Français peuvent vous dire : « Comme vous n
avez bien aimés ! Comme vous nous avez été fidèl
Merci ! Du plus profond de notre cœur, merci ! »

*
* *

Évoquons rapidement le passé, afin de mieux goûter
joies du présent...

Lorsque vous l'avez perdue, la France était vainc
abaissée, chargée de dettes et d'humiliations.

Mais ses forces avaient été sous-estimées. Sa ranç
fut payée si vite que l'ennemi, dans son regret de n'av

pas été plus exigeant — a conçu la pensée de frapper d'un nouveau coup, qu'il voulait cette fois définitif, la blessée dont la force revenait trop vite, dont les blessures — sauf une — se cicatrisaient trop tôt.

Elle avait choisi la République comme forme de gouvernement, et ce régime, on n'a pas manqué de vous le dire, devait être un gouvernement éphémère, devait faire de la France une puissance isolée au milieu des monarchies européennes ; il devait être un gouvernement de faiblesse, d'intolérance, de dépravation, d'avilissement des caractères ; il devait entraîner la perte de toute vertu civique, de toute élévation morale, de tout patriotisme.

Il s'est trouvé cependant qu'au moment de la catastrophe, la Russie monarchique, l'Angleterre, l'Italie monarchiques et d'autres puissances monarchiques sont venues se ranger à côté d'elle, et il s'est trouvé aussi que parce qu'elle était une démocratie, la plus grande démocratie du monde est venue déterminer la victoire hésitante en jetant dans le bon plateau de la balance l'épée démocratique de La Fayette.

Et tout de même, elle a prouvé, cette France, qu'elle n'était pas amoindrie moralement, et que la République ne lui avait fait perdre aucune des qualités que quinze siècles de monarchie avaient mises en elle, car le petit paysan, ce petit paysan qu'on avait calomnié, s'est révélé enthousiaste et superbe sous les traits du Poilu de Verdun.

Depuis notre séparation, Messieurs, la France a étendu son action bienfaisante et le rayonnement de sa pensée civilisatrice dans toutes les parties du monde. Elle a réuni dans sa sphère d'action, la Tunisie, l'Indo-Chine, Mada-

gascar et le Maroc, et ajouté 5o millions d'hommes a
chiffre de ses ressortissants. Et cela, nous vous le devor
un peu, puisque nous le devons beaucoup à votre gran
compatriote, à celui qui nous montrait « la ligne bleu
des Vosges », à Jules Ferry.

Il eut aussi une belle et grande part dans l'organisatic
de cet enseignement qui devait faire les hommes de 191 ⁄
Avec ou après lui, on organisa l'obligation de l'instru
tion, en faveur de laquelle, quelques mois avant la guer
de 187o, des Strasbourgeois recueillaient 25oooo sign
tures et dans l'ouverture des écoles du soir pour adulte
écoles dont l'un des vôtres, Bergery, avait eu l'initiati
dès 1825. Les questions d'enseignement ont toujours é
en effet au premier rang de vos préoccupations et en 183
déjà, vos écoles étaient si prospères que le duc d'Orléai
a pu dire après les avoir visitées : « Je ne connais pas c
ville où l'on ait fait autant et si bien qu'à Metz por
l'instruction publique. »

Votre exemple a été suivi, avant et après 187o. Depu
quarante ans, dans les moindres hameaux de France, de
écoles primaires ont été ouvertes, les lycées multipli
dans les villes, l'enseignement féminin créé et les unive
sités développées.

Cette instruction, les élèves et les étudiants ne
reçurent point dans des chambres obscures et close
fermées au souffle du dehors.

L'influence de la vie se faisait sentir dans les sall
d'études et dans les laboratoires, l'autorité des maîtr
s'étendait au dehors. L'Université de Grenoble a cr
l'Institut français de Florence, l'Université de Bordeau

l'Institut français de Madrid; et notre École Normale supérieure tend à devenir un établissement universel de haut enseignement.

De cette instruction, de cette éducation, on a pu constater les effets. Ceux qui les ont reçues l'une et l'autre, vous les avez vus à l'œuvre. Vous avez su comme ils sont morts, et vous avez accueilli en des journées glorieuses, il y a déjà près de six mois, l'héroïsme des survivants.

Mais si la guerre a pu montrer ses forces morales, on pouvait, bien avant déjà, admirer la prodigieuse richesse de la science et de la pensée françaises. Durant les quarante-huit années pendant lesquelles on a espéré vainement nous faire vivre loin de vous, nous ne nous sommes pas abandonnés à ces jeux où s'absorbent les peuples en décadence, quoi qu'on vous en ait dit, quoique l'apparence ait pu le donner à supposer aux esprits trop faciles à duper.

Dans tous les ordres, aussi bien dans les sciences que dans les lettres, dans la philosophie que dans les arts, des noms fameux répondent pour nous; des découvertes éternelles portent le nom de la France bien que certains aient essayé de lui en dérober l'honneur.

Ce qu'il y a de remarquable dans des hommes comme Berthelot, comme Henri Poincaré, pour ne citer que les morts, n'est-ce pas précisément cet esprit français dont ils témoignent? Ils sont grands entre les grands, et leur grandeur même semblerait devoir les enlever au sol où ils sont nés pour les donner au monde. Leurs découvertes, leurs recherches, leurs études, ont un caractère universel

qui semblerait devoir rendre indifférente leur nationalité
Et pourtant, par leurs méthodes, par les conclusions qu'il
tirent de leurs découvertes, par la pensée à laquelle il
s'élèvent, par leur désintéressement, ils rendent, si je pui
dire, un son qui est uniquement français. Et j'insiste su
cette qualité de désintéressement. Comparez celui d'u
Pasteur avec l'amour du lucre de certains autres qu
ont vendu au plus haut prix leurs découvertes incer
taines et leur science de seconde main.

Soyons justes : En dehors de nos frontières, des décou
vertes ont pu être faites, et on imagine volontiers qu
certains progrès réalisés chez nous dans la mécaniqu
céleste, dans la physique, dans la chimie et les science
naturelles, auraient pu l'être ailleurs, mais on ne saurai
imaginer un Berthelot, un Pasteur ou un Henri Poincar
qui seraient nés de l'autre côté du Rhin.

On peut dire d'ailleurs que le mouvement des idées er
France depuis quarante ans eut quelque chose d'incom-
parable. En philosophie, nos psychologues, nos historien
de la philosophie, nos constructeurs de systèmes, no
sociologues apparaissent au premier rang.

En histoire, Fustel de Coulanges et Albert Sorel se
sont montrés à la fois des savants et des historiens, de
penseurs et des écrivains. Et j'ai gardé pour le saluer à
part, le nom d'Alfred Mézières, à qui nous eussion
offert ardemment le grand honneur qui m'est échu e
dont je suis si indigne. Inclinons-nous devant sa mémoir
respectée en regrettant qu'il n'ait pas assez vécu pou
vivre les journées sublimes que nous avons vécues depui
six mois, des journées comme celle-ci.

Mais ce n'est point seulement dans les pures spécula-
tions des philosophes et les patients travaux des historiens que s'indiquent les préoccupations morales, sociales,
politiques et religieuses qui ont, en France, sollicité les
esprits au cours des dernières années.

La littérature ne fut plus un jeu de mandarin. Il y a
quelque cinquante ans, on avait pu croire que l'écrivain
pouvait exprimer ses idées avec le seul souci de la vérité
et de l'art, sans se préoccuper de l'influence qu'elles pou-
vaient avoir en dehors de lui.

La responsabilité de l'écrivain fut posée, l'écrivain sor-
tant de sa tour d'ivoire se pencha sur ces problèmes
moraux et sociaux qui se présentaient devant lui, chaque
jour plus angoissants. Les poètes descendirent du Par-
nasse, se mêlèrent aux hommes et se livrèrent aux événe-
ments. On saisit mieux aujourd'hui peut-être les douleurs
et le repentir de votre Paul Verlaine; on comprend mieux
les échos du clairon de Chantecler.

Et après avoir nommé tous les savants, tous les philosophes, tous les romanciers, tous les poètes, tous les
dramaturges, il faudrait nommer encore les artistes, ces
musiciens, qui, entre tous, sont Français, votre concitoyen,
Ambroise Thomas, César Franck, et Claude Debussy, (je
rappelle que je me suis imposé de ne nommer que des
morts), ces peintres qui portent les noms de Puvis de
Chavannes et de Carrière, de Claude Monet, et Rodin, ce
sculpteur qui fait déjà figure de héros.

Voilà, Messieurs, quelques indications sur ce qui a été
fait en France depuis cinquante ans. Si j'en ai essayé le
tableau sommaire, c'est que devant les marques d'inalté-

rable tendresse et de puissant attachement que vous ave
données, sachant ce que vous avez souffert pour nou
rester fidèles, sachant les habiletés, les hypocrites solli
citations, les menaces, les promesses, les violences, l
tyrannie, les feintes douceurs et les réelles duretés don
vous avez été l'objet pour l'amour de la France, de
Français se sont demandé s'ils avaient été à la hauteu
de votre abnégation, de votre courage, de votre foi per
sévérante et de vos incessants sacrifices.

Avons-nous assez fait pour vous? Avons-nous fait, pou
vous, tout ce que nous devions faire? Avons-nous fai
pour l'idéal auquel vous vous êtes sacrifiés, tout notr
devoir?

Si nous avons eu des torts envers vous, vous ne les ave
pas ignorés, l'habileté sournoise et dangereuse de l'ennem
vous les a montrés, les a grossis, portés au comble; elle
su aussi en inventer.

Vous avez refusé de la croire. Vous y avez eu quelqu
mérite, car l'ennemi, trop souvent hélas, n'avait qu'
mettre sous vos yeux ce que nous écrivions de nous
mêmes pour dresser contre nous le plus violent des réqui
sitoires. Nous avons la manie de nous dénigrer, nou
avons l'ostentation de nos défauts.

D'autres cachent les leurs sous l'hypocrisie — nou
avions, nous, une hypocrisie à rebours, celle de nos
qualités, et certains de nos hommes politiques, de no
romanciers, de nos hommes de théâtre, avaient fait s
bien — ou si mal, plutôt — qu'il y a eu, sur toute la terr
un cri de surprise lorsque, la catastrophe ayant déchir
les voiles regrettables dont nous avions pris plaisir à nou

cacher, la France est apparue aux yeux de l'Univers ce qu'elle est réellement, dans une splendeur d'honnêteté, de courage et d'union.

Et à cette heure où nous avons, pour ainsi dire, à vous rendre compte de la façon dont, pendant votre absence, nous avons géré le patrimoine commun, patrimoine de puissance matérielle et de richesses morales, nous éprouvons l'immense joie de pouvoir vous dire que la France qui vous est rendue est plus grande que celle à laquelle vous avez été arrachés.

Et nous avons le droit d'ajouter : « Aimez la France de plus en plus, de même que nous vous aimerons chaque jour davantage, car si vous avez mérité tout notre amour, la France a la fierté de n'avoir pas démérité du vôtre. »

DISCOURS

DE

M. LE COMTE PAUL DURRIEU

MEMBRE DE L'INSTITUT

DÉLÉGUÉ DE LA SOCIÉTÉ NATIONALE DES ANTIQUAIRES DE FRANCE

———

MESDAMES ET MESSIEURS,

La Société Nationale des Antiquaires de France a bien voulu me choisir pour prendre part en son nom à ces belles fêtes de l'Académie de Metz et être son porte-parole en ce jour. Sans doute elle s'est souvenue qu'il y a quinze ans, en 1904, elle-même avait célébré son centenaire et qu'en cette année-là, c'était moi qui me trouvais être son président. Mais elle a tenu compte aussi — je le sais — de ce que je suis un enfant de Strasbourg, fils d'un père qui était également Strasbourgeois de naissance. Mon éminent confrère de l'Académie des Inscriptions et Belles-Lettres, le R. P. Scheil, délégué de notre com-

mune Académie, représente parmi vous la chère race l
raine. Qu'il me permette de vous dire combien j'ai
joie de penser qu'à côté de ce Lorrain qui fait un si gra
honneur à son pays, c'est un Alsacien qui, en ma pe
sonne, vient apporter à l'Académie de Metz le salut et l
vœux du corps scientifique si actif qu'est la Société d
Antiquaires de France.

C'était pour cette Société un devoir impérieux que
s'associer à vos joies de l'heure actuelle. Depuis pr
d'un siècle des liens étroits de confraternité réciproque
sont créés entre votre Académie et notre Société des An
quaires. Mais il y a mieux encore. Nous pouvons allégu
que, de tous les corps savants ayant leur siège à Par
c'est la Société des Antiquaires qui a le plus d'attach
persistantes, et établies d'une manière tout à fait rég
lière, avec Metz et le pays messin.

Cette situation privilégiée, nous la devons à un gra
érudit messin, dont la mémoire est restée vénérée de to
ceux qui comme moi, ont eu l'avantage d'être de ses co
frères et le plaisir d'avoir goûté le charme de son amit
Gabriel-Auguste Prost.

Auguste Prost était né à Metz, le 11 août 1817, c'est
Metz qu'il a été élevé, c'est à Metz qu'il a tenu à ce q
son corps vienne reposer. Dès 1847, Auguste Prost éta
entré dans votre Académie de Metz. D'autre part,
1862 il était agrégé comme correspondant national à
Société des Antiquaires. Puis survinrent la guerre de 187
le terrible traité de 1871, aujourd'hui si glorieuseme
vengé : Auguste Prost quitta Metz le cœur déchiré, po
se fixer à Paris. Notre Société des Antiquaires s'empres

de lui offrir, le 8 novembre 1871, un de ses quarante-cinq
sièges de membre résidant. Prost devint un des partici-
pants les plus fidèles à nos séances hebdomadaires ; en
1881 il présida notre Compagnie. Devenu habitant de
Paris, Prost n'en restait pas moins tout Messin de cœur.
Ses excellents travaux d'histoire et d'archéologie visaient
avant tout son pays. Et pour la publication de ces travaux, il en partageait le meilleur entre vos mémoires de
l'Académie de Metz et nos propres mémoires et bulletins
de la Société des Antiquaires.

La mort est venue nous enlever ce confrère aimé et
révéré entre tous le 14 juillet 1896. Mais il avait pris ses
mesures pour que son action si savamment utile en faveur
de tous les souvenirs du Metz de jadis se prolongeât
indéfiniment parmi nous, à Paris, même alors qu'il ne
sera plus là pour évoquer lui-même ces souvenirs. Par
son testament en date du 7 février 1894, en même temps
qu'il fondait à l'Institut un prix portant son nom, que
l'Académie des Inscriptions et Belles-Lettres décerne
chaque année aux meilleurs ouvrages concernant la Lor-
raine, il a laissé à la Société des Antiquaires de France
une généreuse donation sous la condition que les revenus
de cette donation seraient employés par la Société à
publier, sous le titre général de *Mettensia*, une collection
de volumes qui seraient exclusivement consacrés soit à
des documents, soit à des travaux intéressant l'histoire
de Metz et des pays voisins.

Ainsi, de ce feu sacré que l'Académie de Metz entre-
tient avec amour et fait briller pour l'honneur de Metz,
en éclairant de sa vive lueur tout ce qui touche à vos

annales, à vos traditions, à vos monuments, une étincel
a été transmise à la Société des Antiquaires. Celle-c
reconnaissante et fière de s'être trouvée choisie par vot
compatriote, s'efforce et s'efforcera toujours de demeur
digne d'avoir reçu un pareil dépôt. Déjà les *Mettens*
publiés par nos soins à l'aide du legs d'Auguste Pro
constituent une importante série, à laquelle les érudits, q
veulent s'occuper du moyen âge à Metz, ne peuvent
dispenser de recourir.

La mission que nous avons, de contribuer ainsi à l'hi
toire de Metz, répond à la devise de notre Société d
Antiquaires : *Gloriae Majorum*, « Pour la gloire de n
ancêtres! » Ces ancêtres, dont nous cherchons à éternis
la mémoire, ce sont les Français de toute la Franc
mais ce sont aussi plus spécialement, dans le cadre
nos *Mettensia*, vos ancêtres à vous, chers amis de Me
Combien le souvenir de ces générations du passé a é
précieux aux jours de deuil et d'angoisse! Quels enco
ragements n'avez-vous pas puisé à relire votre histoi
qui cadrait si bien avec vos admirables vertus de fidéli
et de patriotisme! La Société des Antiquaires aurait
droit de s'enorgueillir si elle avait pu, par ses propr
efforts, vous être de quelque secours en cette occasio

Cette union de votre Académie et de notre Société e
un honneur et une force pour nos deux compagnies.
forme le vœu que de siècles en siècles, dans une série
futures fêtes d'autres centenaires, nos lointains, très loi
tains successeurs puissent, de nouveau et sans cess
constater que cette même union persiste toujours
plus en plus intense, établie à jamais sur ce sentime

qui nous est commun, à vous Académie de Metz, à nous,
Société des Antiquaires de France, de ne jamais séparer,
dans nos travaux d'érudition, de la recherche sincère et
désintéressée de la vérité, la pensée de la Patrie.

Paris. — Typ. de Firmin-Didot et Cⁱᵉ, impr. de l'Institut, 56, rue Jacob. — 54856.

www.ingramcontent.com/pod-product-compliance
Lightning Source LLC
LaVergne TN
LVHW011458170726
843501LV00009B/3492